Barbapapa Barbamama

Barbidou

Barbibul

Barbalala

Les Livres du Dragon d'Or
60 rue Mazarine, 75006 Paris.

Loi n° 49-956 du 16 juillet 1949 sur les publications destinées à la jeunesse.
ISBN 978-2-87881-313-5. Dépôt légal : septembre 2006.
Imprimé en Italie.

9 8 7

BARBAPAPA

La Ferme

Annette Tison & Talus Taylor

LES LIVRES DU DRAGON D'OR

Au marché du village, on peut acheter toutes sortes d'animaux.

Barbabelle, Barbotine et Barbalala choisissent un petit cochon, un lapin, un coq, une poule et deux oies.

Barbamama achète quatre petits veaux.

2ΠR
A
B
C
α
XΠR²/4 = 1
XY² + (a+b)²/2 = 0 sinα

Barbibul, Barbidou et Barbidur reviennent de leur promenade quand Barbamama fait entrer les veaux dans l'étable.

Pendant que Barbidur a des problèmes avec son vélo...

...Barbidou regarde Barbamama
préparer le lait pour les veaux.

La promenade leur a ouvert l'appétit.

Barbidou se transforme en veau...
Il est très ressemblant, surtout avec les taches !

Si Barbamama ne
s'aperçoit de rien, ils pourront,
eux aussi, avoir du lait.

Les veaux n'aiment pas du tout
ce nouveau venu...

Ça marche ! Barbibul et Barbidur entrent à leur tour.

Barbamama ne s'aperçoit de rien.

Malheureusement, le déguisement de Barbouille
n'est pas très réussi...

Les farceurs sont découverts !

Mais Barbamama n'est pas en colère.
D'ailleurs, il y a du lait pour tout le monde !